The Ugly Duckling

El Patito Feo

RETOLD BY CLAIRE DANIEL
ILLUSTRATED BY TAMMY ORTNER

Made in the USA.   ISBN 978-1-4838-5273-7   01-291187784

One fine spring day, a mother duck sat on some eggs in her nest. She wanted to keep the eggs warm. She sat quietly and waited for them to hatch.

The mother duck had five eggs in her nest. Four of the eggs were small. The fifth egg was very big.

Un bonito día de primavera, una mamá pata se sentó sobre unos huevos en su nido. Quería mantener los huevos calentitos. Se sentó en silencio y esperó a que se abrieran.

La mamá pata tenía cinco huevos en su nido. Cuatro de los huevos eran pequeños. El quinto huevo era muy grande.

Then one day, the eggs began to crack. One, two, three, four small eggs hatched. But the biggest egg did not hatch.

So the mother duck sat down again. She kept the biggest egg warm. She waited for it to hatch, too.

Entonces, un día, los huevos comenzaron a romperse. Uno, dos, tres, cuatro huevos pequeños se abrieron. Pero el huevo más grande no se abrió.

Así que la mamá pata se sentó otra vez. Mantuvo calentito el huevo grande. Esperó también a que se abriera.

Finally, the big egg began to crack. The last duckling popped out.

"Cheep! Cheep!" he said.

The mother duck stared at the baby bird's long neck. She looked at his gray feathers. She looked at the other ducklings.

"He is not like the others," she thought. "But, he is my little duckling, and I love him very much."

Finalmente, el huevo más grande comenzó a agrietarse. El último patito apareció.

—Chip, chip —dijo él.

La mamá pata se quedó mirando fijamente el largo cuello del bebé pato. Observó sus plumas grises. Miró a los otros patitos.

No es como los otros, pensó. *Pero es mi patito, y le quiero mucho.*

During the summer, the mother duck wanted to teach her ducklings to swim. She walked to the water. The four yellow ducklings followed her. So did the little gray duckling.

"What is that ugly thing?" said the other ducks at the pond.

"Leave him alone!" the mother duck said. "He is my little duckling. He can swim. He is big and strong. He'll be a handsome duck one day."

Durante el verano, la mamá pata quería enseñar a sus patitos a nadar. Caminó hacia el agua. Los cuatro patitos amarillos le siguieron. También lo hizo el pequeño patito gris.

—¿Qué es esa cosa tan fea? — dijeron los otros patos del estanque.

—¡Déjenle en paz! —dijo la mamá pata—. Es mi patito. Puede nadar. Es grande y fuerte. Un día será un pato hermoso.

But the ducks did not leave him alone. They hissed and pecked at him. They called him "the ugly duckling." So, he decided to run away.

The ugly duckling swam up the river. There, he met some wild ducks.

Pero los patos no le dejaban en paz. Le silbaban y le picoteaban. Le llamaban "el patito feo." Así que decidió escaparse.

El patito feo nadó río arriba. Allí, conoció a unos patos salvajes.

But there were hunters nearby. They fired shots at the ducks. The ugly duckling was very frightened.

Pero había cazadores cerca. Dispararon a los patos. El patito feo estaba muy asustado.

The wild ducks flew up and away. And the ugly duckling was alone again.

Los patos salvajes salieron volando y escaparon. Y el patito feo se quedó solo otra vez.

The ugly duckling swam on up the river. Soon, he came to a cottage. He was very tired. He lay down and went to sleep.

El patito feo continuó nadando río arriba. Pronto, llego a una casita. Estaba muy cansado. Se tumbó y se durmió.

One day in the chilly fall, the ugly duckling saw some beautiful birds in the sky. They were snowy white. They had long, slender necks. How he wished he could fly with them!

Un día fresco de otoño, el patito feo vio unas hermosas aves en el cielo. Eran blancas como la nieve. Tenían cuellos largos y esbeltos. ¡Cómo deseaba poder volar con ellas!

Winter came, and the ugly duckling found a small pond where he could stay. But, it got colder and colder. It snowed and snowed.

Llegó el invierno, y el patito feo encontró un estanque donde quedarse. Pero cada vez hacía más frío. No paraba de nevar.

Then one day, the ugly duckling found that he could not swim.
The pond had frozen. He was stuck in the ice!

Entonces, un día, el patito feo se dio cuenta de que no podía nadar.
El estanque se había congelado. ¡Estaba atascado en el hielo!

A woodcutter saw the ugly
duckling stuck in the ice.
The woodcutter chopped away the
ice. He took the duckling home.

Un leñador vio que el patito feo estaba
atascado en el hielo. El leñador cortó el hielo.
Se llevó al patito a casa.

The woodcutter put the duckling in front of the fire. Soon, the ugly duckling was warm and happy.

El leñador puso al patito delante del fuego. Pronto, el patito feo estaba calentito y feliz.

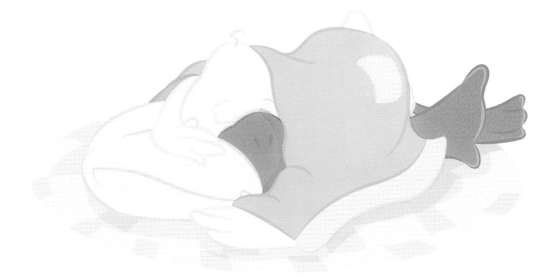

The next day, the ugly duckling felt better. But the woodcutter's children wanted to play. They chased the duckling all around the house until he flew out the door.

Many more days passed. The ugly duckling became cold and hungry.

Al día siguiente, el patito feo se sentía mejor. Pero los niños del leñador querían jugar. Persiguieron al patito por toda la casa hasta que salió volando por la puerta.

Pasaron muchos días. El patito feo tenía frío y hambre.

Then one day, a warm breeze blew. Spring was coming! The ugly duckling looked up at the sky. He wanted to fly. So he raised his wings, and up he went.

As he flew, the ugly duckling saw some beautiful white birds down below. They were swimming in a pond.

The ugly duckling said, "How beautiful they are! I want to swim with them."

Entonces, un día, sopló una brisa cálida. ¡Llegaba la primavera! El patito feo miró hacia arriba al cielo. Quería volar. Así que levantó sus alas y fue hacia arriba.

Mientras volaba, el patito feo vio unas hermosas aves blancas abajo. Estaban nadando en un estanque.

El patito feo dijo: —¡Qué hermosas son! Quiero nadar con ellas.

The ugly duckling flew down to the water. The beautiful white birds all came swimming toward him. The ugly duckling was frightened.

"Please don't hurt me," said the ugly duckling. "I know I am very ugly."

El patito feo voló hacia el agua. Las hermosas aves blancas se acercaron a él nadando. El patito feo tenía miedo.

—Por favor, no me hagan daño —dijo el patito feo—. Sé que soy muy feo.

One of the birds said, "How could you be ugly? You are a swan! And swans are beautiful!"

The ugly duckling looked at himself in the water. He saw not an ugly duckling, but a beautiful swan!

Una de las aves dijo: —¿Cómo puedes ser feo? ¡Eres un cisne! ¡Y los cisnes son hermosos!

El patito feo se miró a sí mismo en el agua. No vio a un patito feo, ¡sino a un hermoso cisne!

"Look!" cried a little girl from the shore. "Look at the new swan! He's the most beautiful one of all!"

The new swan raised his wings. All the children came to look at him.

—¡Mira! —exclamó una niña pequeña desde la orilla—. ¡Mira el cisne nuevo! ¡Es el más hermoso de todos!

El nuevo cisne levantó sus alas. Todos los niños fueron a mirarle.

The ugly duckling had been very unhappy.
But, now he knew that he belonged with the
beautiful swans. At last, he was very happy.

El patito feo había sido muy infeliz. Pero
ahora sabía que formaba parte de la familia de
los hermosos cisnes. Por fin, era muy feliz.